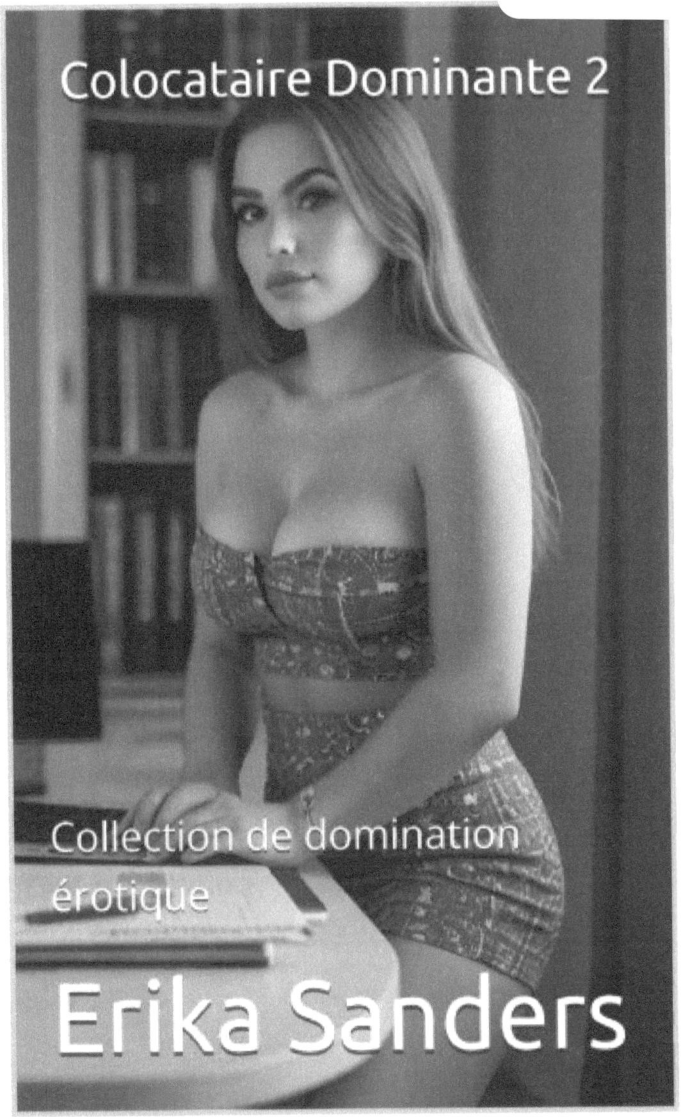

Colocataire Dominante 2

Collection de domination érotique

Erika Sanders

ERIKA SANDERS

Colocataire Dominante 2

Erika Sanders
Série
Collection de domination érotique

Synopsis

Victoria, Samantha et Cristina sont trois filles qui occupent la même chambre à l'université.

Un jour, Victoria, qui est une pom-pom girl pour l'équipe de football universitaire, entre dans la pièce en sueur et fatiguée de faire de l'exercice pendant que Samantha étudie.

Elle se déshabille pour prendre un bain, mais elle est tellement fatiguée qu'elle se détend un moment au lit.

Samantha la regarde avec un regard différent de ce qu'elle fait tous les jours.

Mais Cristina revient de sa classe ...

Colocataire Dominante 2 est un roman à fort contenu érotique BDSM et, à son tour, un nouveau roman appartenant à la collection Erotic Domination, une série de romans à forte teneur en BDSM romantique et érotique.

(Tous les personnages ont 18 ans ou plus)

Remarque sur l'auteure

Erika Sanders est une écrivaine de renommée internationale, traduite dans plus de vingt langues, qui signe ses écrits les plus érotiques, loin de sa prose habituelle, de son nom de jeune fille.

Indice

COLOCATAIRE DOMINANTE 2
ERIKA SANDERS

CHAPITRE 1

Vicky ouvrit la porte de sa chambre et laissa tomber son sac d'équipement de pom-pom girl sur le sol près de la porte.

Elle poussa un soupir de soulagement: cela avait été une longue pratique et ils la laissaient épuisée.

"Salut Samy," dit-il.

Samantha était assise à son bureau, enterrée dans ses manuels de biologie, comme toujours.

Elle enleva les cheveux bruns doux de son visage et enleva ses lunettes d'une main, se frottant les yeux de l'autre.

« Salut Vicky, comment était la pratique?

"Pas mal. J'ai besoin d'une douche. J'ai tellement transpiré."

"Hé," dit Samantha en plissant le nez.

Vicky a enlevé ses chaussures et a essayé de tirer la tenue de pom-pom girl d'une seule pièce par-dessus sa tête.

Il s'est pris dans ses cheveux, mais après avoir tiré un peu, il est sorti et l'a jeté dans le panier à linge.

Puis elle déboutonna sa queue de cheval et laissa tomber ses beaux cheveux blonds sur ses épaules.

Elle passa sa main dans ses cheveux, puis tendit la main dans son dos et chercha le fermoir de son soutien-gorge.

Samantha la regardait toujours.

"Quoi?" Demanda Vicky, perplexe.

"Non, rien."

"Hé, viens m'aider à déboutonner ça, je suis un peu fatigué."

Samantha sourit et roula des yeux.

"Bien sûr, comme si elle n'était pas occupée ou quoi que ce soit."

Pourtant, il mit ses lunettes et se leva, faisant signe à Vicky de se retourner.

Elle écarta les cheveux de Vicky pour attraper son soutien-gorge.

Vicky posa ses mains sur ses hanches en attendant.

Curieusement, il entendit Samantha prendre une profonde inspiration alors que ses doigts agiles luttaient pour défaire son soutien-gorge.

Samantha était proche, un peu trop proche.

"Que se passe-t-il?" Demanda Vicky.

"Ouais, il s'est plié d'une manière ou d'une autre. Attends. Compris."

Les seins de Vicky se sont détachés lorsque son soutien-gorge est tombé au sol.

Il lui donna un coup de pied vers la base du panier à linge.

Se retournant, il sourit.

« Merci Samy.

"Pas de problème," dit Samantha en retournant à son bureau.

Vicky s'étira puis se dirigea vers le lit dans son coin de la pièce.

Elle s'assit sur le bord, ne portant que sa culotte en coton blanc.

Elle bâilla, les yeux fermés, comme un chaton, et se pencha en avant, ses seins effleurant ses bras, ses genoux serrés et ses pieds écartés sur les côtés.

Elle plissa ses orteils dans les doux fils blancs du tapis en faux mouton à côté de son lit.

Cela avait été un gros achat pour le week-end la première année, quand Samantha et elle s'étaient rendues en voiture dans une ville balnéaire à une demi-heure à l'est du campus.

Ils avaient eu beaucoup d'idées folles et ont fini par acheter diverses choses, remplissant leur chambre d'objets kitsch du milieu du siècle dernier.

Samantha lui avait acheté ce gros tapis en faux shearling comme une blague parce que Vicky était une végétalienne très stricte à l'époque (elle ne l'était plus).

C'était de bons moments: bien qu'ils se soient rencontrés comme colocataires la première année, ils étaient devenus de très bons amis.

Elle allait devoir se doucher bientôt, mais Vicky était si fatiguée qu'elle se jeta sur le lit et se laissa tomber contre les oreillers empilés contre le mur dans le coin.

Elle laissa tomber ses bras sur ses côtés et soupira à nouveau, fermant les yeux.

Au bout d'une minute, il entendit les bruits émouvants venant de la direction de Samantha.

La chaise s'éloigna doucement du bureau, et elle pouvait entendre les pieds recouverts de chaussettes de Samantha traverser la pièce vers elle.

Vicky attendit quelques secondes avant d'ouvrir les yeux.

"Quoi?"

Samantha a continué à la regarder, en conflit.

"Y a-t-il un problème?"

Lentement mais résolument, Samantha laissa tomber son genou sur le lit de Vicky et s'étira pour s'allonger à côté d'elle, face à elle, à une longueur de bras.

Il regarda profondément dans les yeux bleus brillants de Vicky.

C'était comme si Samantha écoutait quelque chose.

Vicky ne savait pas comment réagir, mais elle ne s'était jamais sentie aussi nue.

"Non, ça va," commença Samantha, après un moment. Elle repoussa ses cheveux de son visage. "Vous êtes-vous déjà demandé ..."

Elle détourna rapidement les yeux, puis se retourna vers Vicky, retenant son regard.

Soudain, Samantha se pencha et l'embrassa sur les lèvres.

CHAPITRE 2

Vicky tressaillit au début, mais céda ensuite lorsque les lèvres de Samy se pressèrent fermement contre les siennes.

Elle sentit la langue de Samy sortir de ses lèvres et, surprise, elle la secoua avec la sienne et leurs langues se touchèrent brièvement.

Samantha s'écarta avec un hoquet.

"Désolé..."

"Chut ..." dit Vicky, les surprenant tous les deux quand elle se rapprocha de la tête de Samantha et l'attira à ses lèvres.

Leurs bouches se refermèrent, cette fois plus affamées, explorant.

Vicky enfonça sa langue dans la bouche de Samy et fut contrée par une poussée ferme vers la sienne.

Samantha se rapprocha, beaucoup plus proche, et caressa le bras de Vicky, le long de son côté, puis de nouveau vers son aisselle, traçant les courbes douces de Vicky.

Sa main se terminait sous le sein droit de Vicky, et il la prit doucement, pressant doucement le mamelon entre son pouce et son index, le sentant devenir plus dur avec son toucher.

Samantha sonda doucement la bouche de Vicky et passa sa langue sur les petites dents propres de Vicky.

Quand Samantha s'écarta, Vicky mordit doucement sa lèvre inférieure en retrait avant de la relâcher.

Ils respiraient tous les deux fortement. Samantha baissa les yeux sur le corps de Vicky, puis se pencha, et s'abaissa, s'abaissa jusqu'à ce que sa main repose sur le devant de la culotte blanche de Vicky.

Elle esquiva un peu plus.

Vicky ferma les yeux et posa sa tête sur l'oreiller

("Oui," souffla-t-il), et Samantha pouvait le sentir se détendre contre sa main.

Samantha se pencha sur le cou exposé de Vicky et l'embrassa doucement trois fois, s'arrêtant sur le dernier baiser, tirant sa langue (salée) alors qu'elle appuyait sur la culotte mouillée de Vicky.

Elle écarta ses doigts et sentit la forme de la chatte de Vicky à travers le tissu fin de sa culotte en coton.

"Euh hein," gémit Vicky.

Samantha se pencha encore plus, continua d'embrasser son cou, glissant sa main gauche derrière le petit dos arqué de Vicky.

Avec sa main droite, il a commencé à masser de haut en bas, lentement mais sûrement.

L'humidité s'est rapidement transformée en culotte mouillée.

Finalement, il glissa sa main de haut en bas sous la culotte de Vicky, ses doigts plongèrent dans ses plis de velours, caressant son sexe enflammé alors les yeux de Vicky s'écarquillèrent.

Il les frotta une, deux fois, trois fois lentement, puis s'écarta et s'assit.

"C'était bien ... attendez non!" dit Vicky

Samantha porta ses doigts à sa bouche et les fit glisser, savourant le jus de Vicky.

Quand elle eut fini, elle se pencha et accrocha ses doigts sur les côtés de la culotte de son amie.

«Celles-ci doivent disparaître», a-t-il dit.

Avant que Vicky ne puisse protester, elle a commencé à les retirer en sortant du lit.

Vicky détendit ses fesses et souleva ses jambes, laissant Samantha retirer sa culotte.

Samantha aperçut le petit cul parfait de Vicky et vit la rose de sa chatte sous une mèche de cheveux blonds bouclés.

Elle se lécha les lèvres, le fixant avidement.

Rapidement, Samantha déboutonna les boutons de son chemisier et le laissa tomber au sol.

Il déboutonna son jean et le décompressa, s'arrêta, puis accrocha ses pouces sur les côtés de son pantalon et les abaissa.

Elle ôta ses chaussettes bleu clair et se leva pour révéler une simple paire de slips découpés bleu clair avec une fleur brodée sur le devant.

"Je ne peux pas croire que nous faisons ça," dit doucement Vicky.

Samantha décrocha son soutien-gorge et le glissa, puis accrocha ses pouces dans les côtés filandreux de sa culotte, les glissa et les repoussa avec un orteil.

Samantha retourna au lit puis balança ses longues jambes sur la tête de Vicky, en arrière.

Vicky était toujours appuyée sur les oreillers, et elle se retrouva soudain à regarder la chatte de Samy, à environ un pouce de distance.

Sa fleur rose apparut faiblement et Vicky respira profondément le parfum parfumé de Samantha.

Sa chatte était absolument rasée.

«Maintenant je sais pourquoi tu passes autant de temps dans la salle de bain le samedi matin! elle a ri.

Les gloussements de Vicky furent coupés par un halètement, alors que Samantha passa sa langue sur le clitoris de Vicky et la descendit doucement dans son trou rose humide.

Elle se retira rapidement et rit de joie, s'appuyant sur un bras pour brosser les cheveux bruns doux et luxueux de son visage.

Il redescendit, enfouissant la mèche blonde bouclée de poils pubiens de Vicky sur son nez, prenant une profonde inspiration et souriant.

Elle sentit le souffle chaud de Vicky sur sa chatte nue.

Vicky passa la main autour des cuisses de Samantha et attrapa ses fesses avec les deux paumes.

Levant légèrement la tête en avant, elle ouvrit la bouche et couvrit toute la chatte de Samy, laissant sa langue et sa salive glisser partout.

Samantha pressa son nez plus fort contre les poils pubiens de Vicky et ouvrit la bouche dans une extase silencieuse.

Ses orteils se tendirent involontairement sur les oreillers de chaque côté de la tête de Vicky, alors que Vicky fermait les yeux et massait sa chatte avec des mouvements rythmiques humides de sa bouche.

Samantha tendit la main autour des jambes de Vicky et sous ses fesses, et en utilisant le bout de ses doigts, elle écarta doucement les lèvres de Vicky jusqu'à ce qu'elle puisse voir l'humidité rose vif de son vagin interne.

Laissant ses cheveux tomber autour de sa tête et caresser la peau de Vicky, il plongea, la langue la première et commença à lécher profondément.

Oh, il avait un goût fort de la sueur de son entraînement, doux et musqué.

Elle léchait de haut en bas avec sa langue.

Vicky se tendit contre le visage de Samy et recula.

Instinctivement, elle leva ses jambes en l'air et plia les genoux, donnant à Samantha un accès plus profond.

Elle agrippa fermement les fesses de Samantha et poussa son visage contre sa chatte avec vigueur et variété.

Ils tombèrent bientôt dans un rythme: Samy pressait ses lèvres sur Vicky pendant que Vicky penchait la tête en avant, puis Samantha pressait doucement sa chatte contre les lèvres de Vicky alors qu'elle se rallongeait sur l'oreiller.

Leurs corps, se balançant lentement d'un côté à l'autre, disparurent bientôt en vagues aveugles et chauffées à blanc d'un plaisir apparemment sans fin.

La pièce était vidée de tout sauf les sons étouffés de la langue chaude dans la chatte humide.

Vicky le sentit en premier, une lente contraction dans l'estomac.

Mais la chaleur se répandit comme une lente inondation à travers son corps.

Elle gémit en pressant sa langue dans les plis de la chatte de Samy.

Samantha sentit Vicky gémir comme un petit vibromasseur contre son tendre clitoris.

Elle ferma les yeux lorsqu'elle sentit qu'elle commençait à se pousser à bout.

Son rythme a augmenté, très légèrement, car cela suffisait.

Ils pouvaient goûter ce qui allait arriver.

Léchant, suçant, pressant leurs lèvres et leur langue de plus en plus fort, ils sentaient la marée montante les uns contre les autres alors que leurs vagues de plaisir se rapprochaient de plus en plus, et de plus en plus ...

Et puis oh, cela se passait, et ils sont venus, ils sont venus si magnifiquement et merveilleusement.

Vicky sentit le sexe chaud de son partenaire couler de ses lèvres et de son menton.

Samantha pouvait goûter une saveur différente, plus piquante et un peu aigre, au fond de la chatte de Vicky.

Et ressentir des spasmes encore et encore et du plaisir les submergeait comme une cascade, et il semblait que cela ne finirait jamais.

Et puis lentement, doucement, cela s'est calmé, et ils se sont léchés en silence, puis Samantha a roulé sur le côté, recroquevillée, épuisée, pour l'instant.

Vicky leva les yeux vers le plafond, passant le dos de sa main sur son visage, essuyant l'humidité de sa bouche, respirant profondément.

Oh mon amour.

Le soleil pénétrait par les fenêtres et tout dans la pièce semblait d'une couleur différente: tout avait soudainement changé, inquiétant mais aussi délicieusement.

Murmurant de satisfaction, Vicky passa devant Samantha, toujours face contre terre, et la caressa.

Samantha a soulevé sa jambe pour que Vicky puisse reposer sa tête sur l'intérieur de sa cuisse et a posé sa tête sur la cuisse de Vicky de la même manière.

Vicky contourna Samantha et la serra fermement dans ses bras.

"Je t'aime Samantha," dit-il.

Des volets de joie emplirent la poitrine de Samantha.

Il avait attendu si longtemps pour entendre ces mots, et maintenant ils étaient enfin arrivés.

Ils s'installèrent bientôt pour se lécher calmement le jus de l'autre, languissant dans le confort de leur côté soixante-neuf.

Et la porte s'est ouverte.

Et entre les jambes de Vicky, Samantha aperçut, debout dans l'embrasure de la porte, bouche bée d'étonnement, sa troisième colocataire: Cristina.

Oh non.

Douce et innocente Cristina, debout là avec son sac à dos en cuir sur le dos, avec ces longs cheveux roux sauvages qui lui tombaient sur les épaules.

Avec une main sur la poignée de porte.

«Je ... je suis vraiment désolée» fut tout ce qu'elle put dire, avant de quitter la pièce et de fermer la porte à la hâte.

CHAPITRE 3

Cristina se tenait dans le couloir, agrippant le cadre de la porte d'une main, contre le mur, et respirant fortement.

Que venait-il de voir?

Il n'arrivait pas à y croire: deux mois vivant avec eux et il ne se doutait de rien.

Elle avait eu des réserves sur le fait d'être une fille de première année affectée à une chambre avec deux étudiants de deuxième année qui se connaissaient déjà, mais elle n'avait aucune idée qu'ils en viendraient à cela.

Elle n'avait aucune idée qu'ils étaient ... ils étaient ...

Que devrait-elle faire?

Il a dû déménager, il a dû demander un transfert.

Il n'y avait aucun moyen qu'elle se sente à l'aise en sachant que ses colocataires étaient amoureux.

C'était trop étrange, et plus qu'il ne l'avait craint, ce serait toujours deux contre un.

Mais alors ... que venait-il de voir?

Il ne pouvait pas, il a essayé, mais il ne pouvait pas sortir l'image de son esprit.

C'était beaucoup, beaucoup.

Ils s'étaient allongés sur le lit de Vicky, totalement découverts, nus et... entrelacés.

Juste un enchevêtrement maladroit et charnu de fourrure douce et douillette et de longues jambes minces.

Ils s'étaient ... mangés.

Des visages enfouis entre les jambes.

Et Samantha l'avait vue, elle la regardait directement avec ces grands yeux bruns qui s'écarquillaient de surprise, sa langue sortant toujours de l'entrejambe de Vicky, qui était si ... rose.

Et le cul de Vicky était si galbé et il bougeait douillet.

Non non Non.

La bouche de Cristina était sèche et elle déglutit.

Pourquoi ces pensées lui traversaient-elles la tête?

Il est vrai qu'elle s'était sentie seule.

Les gars lui accordaient certainement beaucoup d'attention, mais sa beauté avait gardé de nombreuses filles distantes et distantes.

Et elle s'était toujours sentie laissée de côté par ses deux colocataires, qui étaient certainement assez gentils, assez amicaux, mais ils avaient toujours partagé quelque chose entre eux qu'elle n'avait pas.

Et maintenant elle savait.

Mais peut-être ... qu'elle ne pouvait pas.

Il ne pouvait pas simplement y entrer et leur faire face.

Ce serait trop.

Mais elle voulait savoir.

Elle voulait voir ce qu'ils faisaient.

Sa main se tendit et ses doigts pâles et fins s'enroulèrent autour de la poignée de porte.

CHAPITRE 4

Elle referma rapidement la porte derrière elle.

Vicky et Samantha se tournèrent vers elle alors qu'elles étaient au milieu d'une conversation.

Ils s'étaient assis nus sur le bord du lit, parlant calmement de ce qui venait de se passer.

Quand Cristina est revenue dans la pièce, Vicky a enfilé un T-shirt ample contre sa poitrine dans une faible tentative de couvrir ses seins et a commencé à se lever.

"Ecoute, Cristina, nous sommes désolés ..."

"Tu n'as pas à le ressentir. C'est juste que ... Je ne savais pas. Et je suis revenu parce que nous devrions en parler."

Cristina se tenait maladroitement devant la porte, essayant de détourner ses yeux de la vue du corps nu de Samantha.

Elle tripota l'ourlet de sa jupe écossaise marron.

Vicky regarda Samantha d'un air interrogateur.

"Vous nous avez surpris dans un moment gênant," commença Samantha. "Nous n'avons jamais fait cela auparavant."

Cristina y réfléchit.

"Eh bien, de toute façon, ça va probablement être gênant si vous deux êtes ... impliqués, je suppose. Je peux organiser le transfert dans une autre pièce ou quelque chose comme ça. D'accord, je m'en fiche."

Samantha acquiesça à contrecœur, mais Cristina ne la regardait toujours pas directement.

Pauvre Cristina, pensa-t-il.

Cela a été un choc pour elle.

Elle avait l'air si douce, se tenant là nerveusement dans son chemisier blanc propre et sa petite jupe brune.

Ses longues jambes minces étaient couvertes de ces grosses bottes en cuir marron qui atteignaient juste en dessous de ses genoux délicats.

Cristina bougea la pointe de sa botte gauche, se tordant autour du talon presque, un peu, espiègle.

Il évitait toujours le regard de Samantha, jusqu'à ce que finalement leurs yeux se rencontrent pendant un instant, et ses yeux étincelèrent de honte.

Les joues de Cristina rougirent.

"Je ... je ne sais pas pourquoi je suis revenu, je devrais revenir après qu'ils soient habillés."

"Attends," dit Samantha.

Il se leva et traversa lentement la pièce pieds nus, ralentissant en approchant de Cristina.

Il pensa à mille choses possibles à dire, mais finit par dire:

"Tu devrais laisser tomber le sac."

Cristina le retira de son épaule sans réfléchir, et Samantha tendit la main et l'aida à l'abaisser au sol.

Nue et anxieuse, elle se tenait un peu à l'écart, mais très proche, de Cristina et la regardait directement.

Les yeux de Cristina parcouraient la pièce d'une manière extravagante, regardant partout sauf Samantha.

Sa respiration est devenue superficielle et rapide.

Il posa enfin son regard sur les seins nus de Samy, ses tétons visiblement durcis.

Samantha tendit la main et souleva le menton de Cristina.

Il se pencha et Cristina ferma les yeux et leurs bouches étaient ensemble, ouvertes et savoureuses.

Cristina gémit dans un mélange de consternation et de plaisir.

Ils entendirent tous les deux le doux bruit de Vicky relâchant la chemise qu'elle avait serrée contre sa poitrine.

Cristina sentit les mains de Samantha bouger de haut en bas sur ses côtés et se presser, et elle serra Samantha dans ses bras en retour, glissant ses mains sur le côté de ses seins nus, puis vers le bas et l'arrière pour tenir son cul fermement et complètement.

Ils pressèrent leurs corps l'un contre l'autre, puis Samantha s'écarta un peu.

Elle sourit malicieusement et commença à déboutonner le chemisier de Cristina.

Cristina ouvrit la bouche pour protester, mais soudainement Vicky était là à côté de Samantha, un air sérieux de désir dans les yeux.

"Oh Cristina" était tout ce qu'elle pouvait supporter, pressant passionnément ses lèvres contre les lèvres surprises mais ravies de Cristina.

Vicky s'appuya contre sa bouche, savourant la douce bouche de Cristina.

Samantha finit de déboutonner le chemisier de Cristina et la pressa contre la porte.

Vicky tomba au sol, accroupie, jusqu'à ce qu'elle soit juste devant la jupe de Cristina.

Il pressa son visage contre son entrejambe et prit une profonde inspiration à travers le plaid éraflé.

Alors que Cristina baissait les yeux, Samantha tendit la main et attrapa les bonnets du soutien-gorge de Cristina.

Il les refusa pour que les deux seins de Cristina se répandent.

Sa langue toucha l'un des petits mamelons roses de Cristina, et Cristina sentit de petits chocs électriques monter et descendre sa colonne vertébrale.

"Oh!"

Samantha a encerclé le mamelon avec ses lèvres et l'a sucé doucement, massant la petite boule avec sa langue.

Puis Samantha a commencé à pétrir et à masser les deux seins avec ses mains, appliquant d'abord sa bouche chaude sur un mamelon, puis sur l'autre ... tremblant, taquinant, suçant.

Vicky a soulevé le devant de la jupe de Cristina d'une main, révélant sa culotte de style bikini en coton.

De son autre main, il écarta lentement sa culotte.

Les lèvres de la chatte de Cristina étaient humides et légèrement saillantes, et Vicky sentit un frisson de désir sur son cou.

Il souleva légèrement le bout de sa langue sur son clitoris, sentant Cristina se raidir contre la porte.

Il se pencha avec sa langue tremblante et commença à le manger sérieusement.

Laissant la jupe reposer sur sa tête, Vicky tendit la main derrière et sous elle-même et commença à masser sa propre chatte humide et détrempée.

Sentant la langue chaude dans sa chatte pour la première fois, Cristina tendit une main libre, cherchant quelque chose, n'importe quoi: elle enroula ses doigts autour de la poignée de porte et devint rapidement la seule chose qui l'empêchait de s'effondrer sur le sol, tout en les sensations de Samantha allaitant ses seins et de Vicky en train de manger sa chatte menaçaient de la submerger d'extase.

Il haletait pour l'air (entrant et sortant à chaque décharge de plaisir) alors qu'il se battait pour ne pas gémir.

Tout s'était passé si soudainement et simplement: Cristina n'avait jamais imaginé qu'elle pouvait être aussi dévorée par le désir des femmes.

Mais c'était ici.

Elle avait certainement éprouvé des fantasmes fugaces aux rares occasions où elle avait vu ses séduisantes colocataires se prélasser en sous-vêtements, mais rien ne l'avait préparée aux sensations de … oh, oh, oh! Vicky poussa et sortit rapidement sa langue du trou de Cristina.

Souriante, Vicky détourna la tête de la jupe de Cristina.

"Mmmmm … tu as vraiment bon goût, chérie!"

Vicky a commencé à chercher la fermeture éclair sur la jupe de Cristina.

Samantha a embrassé des seins de Cristina à son cou, puis a tendu la main et a décroché son soutien-gorge, le tirant et le laissant tomber sur le côté.

Il a également aidé Cristina à esquiver son chemisier au sol.

Ce faisant, Vicky a réussi à déboutonner la jupe de Cristina, et l'a également jetée au sol, traînant la petite culotte jaune de Cristina autour de ses chevilles.

Levant la main, elle attrapa les deux mains de Cristina et se leva.

Elle sourit, regardant dans les yeux étonnés de Cristina, puis descendit jusqu'à ses jambes, toujours couverte de ces hautes bottes en cuir.

Il leva lentement les yeux, savourant les longues jambes de Cristina, sa taille fine et ses seins parfaitement formés.

"Passons un bon moment. Cristina, tu es ... géniale."

Tenant toujours les deux mains de Cristina, Vicky l'aida à retirer complètement sa culotte et la poussa doucement dans la pièce.

Ils se sont retrouvés à côté du lit de Vicky, et se sont joints pour s'embrasser et se toucher dans une autre étreinte.

Samantha s'est placée derrière Cristina et a passé ses mains sur son petit cul inquiétant.

Au lieu d'aller se coucher, Vicky posa Cristina et la posa doucement sur le tapis en fausse peau de mouton.

Quand Vicky la baissa, avec une main autour de la nuque, Cristina regarda Vicky avec des yeux pleins de confiance et d'enthousiasme.

Allongée sur le tapis, Cristina ronronna avec approbation alors que de douces mèches blanches s'enroulaient autour d'elle, lui chatouillant les épaules et le dos.

Des petits bâtons lui caressent le cul et la fendent un peu, ce qui fait que sa chatte humide se resserre légèrement en réponse.

Elle était allongée les jambes écartées, les genoux pliés, les pieds sur le tapis, avec Vicky agenouillée entre eux.

Vicky a glissé jusqu'à ce qu'elle soit sur les coudes et les genoux, la tête face à la chatte de Cristina.

Elle était légèrement entrouverte et les lèvres étaient nues, juste une petite mèche de cheveux roux bouclés sur son clitoris.

Il glissa ses mains sous le cul de Cristina, amenant son sexe aux lèvres de sa bouche, puis planta un baiser ferme et doucement suceur sur le clitoris de Cristina.

Cristina expira de manière audible.

Vicky l'embrassa à nouveau, cette fois elle resta en bas, suçant à nouveau doucement, doucement, doucement, puis sa langue glissa sur la chatte de Cristina.

Sa bouche était ouverte, l'humidifiant et le massant.

Cristina cambra le dos et appuya sa tête contre le tapis, la bouche ouverte et les yeux fermés de plaisir.

Un petit gémissement lui échappa.

Samantha, debout devant eux, ne pouvait plus rester en dehors de ce fantasme.

C'était un spectacle magnifique: Cristina se tordant sur le tapis avec Vicky la mangeant, ses petits fesses galbées flottant dans les airs.

Samantha s'est également mise à genoux derrière Vicky, et Vicky pouvait sentir le nez de Samantha dans sa crevasse et son souffle chaud sur sa petite chatte.

Samantha a commencé à lécher et à creuser dans ses plis, et pendant quelques brefs instants, Vicky s'est retrouvée incroyablement au maillon central d'une chaîne de luxure lesbienne.

Il a imaginé le plaisir qui pénétrait sa chatte, remontait le long de son corps et laissait sa bouche sucer.

Après une demi-minute, Samantha recula et s'agenouilla.

Elle est venue derrière et à gauche de Vicky, frottant son entrejambe contre la courbe du cul de Vicky.

Samantha écarta les fesses de Vicky avec sa main droite et commença à masser fermement sa chatte, maintenant avec une vue complète des effets de sa main sur l'action chaude se déroulant sur le sol devant elle.

Cristina rouvrit les yeux et se pencha sur ses coudes.

Il regardait Vicky pousser sa bouche à plusieurs reprises contre son monticule.

Vicky leva les yeux, vit Cristina fixant avec étonnement et retira un peu sa bouche.

Il étendit sa longue langue pointue et écarta les lèvres de Cristina, provoquant les plis avec un petit mouvement de gauche à droite.

Cristina a continué à regarder, envoûtée, alors que la langue humide et scintillante de Vicky traçait le rose entre les lèvres de la chatte de Cristina, glissant de haut en bas, et de haut en bas à travers sa chatte.

Vicky retira légèrement sa langue, et une fine mèche de salive et le jus sucré de Cristina se répandirent entre sa langue et sa chatte.

Vicky repoussa sa langue, maintenant avec la pointe sur le clitoris de Cristina.

Il fit tournoyer le bout de sa langue en petits cercles, envoyant des ondes de choc à travers le corps de Cristina.

Les pieds de Cristina glissèrent du sol alors qu'elle levait les genoux, tendant plus loin pour les attentions de Vicky.

Vicky attrapa ses fesses plus fort et éleva le centre de gravité de Cristina plus haut.

Sa langue glissa vers le bas et autour du petit trou serré de Cristina et commença à enfoncer le bout de sa langue à l'intérieur.

Peu à peu, la résistance diminua et Vicky put lentement faire pénétrer une partie considérable de sa langue dans le trou de Cristina.

Les parois vaginales chaudes et texturées de la chatte de Cristina agrippaient et tiraient sur la langue de Vicky, rythmées et impatientes.

De petits spasmes involontaires secouèrent le ventre de Cristina.

"Oh. Oui. Mange-moi." Cristina a été surprise par les mots qui s'échappaient de sa propre bouche.

Toutes deux émerveillées par l'enthousiasme de Vicky, Samantha et Cristina se regardèrent et se regardèrent profondément dans les yeux.

Samantha sentit quelque chose bouger en elle alors que Cristina continuait de la regarder, son expression se durcissant et de plus en plus confiante.

Vicky continua de se presser contre la main de Samantha et de lécher Cristina, inconsciente du silence soudain.

Les yeux de Cristina étincelèrent et se rétrécirent en signe d'invitation.

Ses lèvres s'entrouvrirent et le bout de sa petite langue humide traça lentement sa lèvre supérieure.

Samantha hocha la tête pour comprendre.

"Viens ici," murmura Cristina.

Samantha se leva, l'émotion parcourut son corps.

Il se tenait sur la pointe des pieds au-dessus et derrière la tête de Cristina.

Samantha se mit à genoux et baissa le visage pour qu'elle soit face cachée devant celle de Cristina.

Cristina était en conflit: la langue de Vicky la faisait danser à l'extrême, mais en même temps, elle essayait de dire à quel point elle aimait Samantha.

Si doux, si tentant, pensa Samantha.

Souriante, Samantha l'embrassa: les sensations des surfaces de leurs langues en contact direct les surprit toutes les deux.

Ils s'embrassèrent avidement, se mordant doucement les lèvres et se savourant.

Samantha rampa en avant, le visage contre terre, et leurs seins rencontrèrent leur bouche, léchant et suçant.

Cristina était ravie de la sensation de durcissement du mamelon de Samantha entre ses lèvres, alors qu'elle suçait doucement l'un de ses seins affaissés.

En rampant encore plus en avant, Samantha s'est retrouvée à genoux, chevauchant la poitrine de Cristina, en arrière.

Il regarda par-dessus son épaule pour rencontrer le regard étonné de Cristina.

"Tu es prête ?" Demanda Samantha.

"Oui," souffla Cristina.

Lentement, Samantha s'assit sur le visage de Cristina.

Cristina ouvrit grand la bouche et étendit sa langue, tandis que la chair douce et tendre de Samantha la couvrait doucement.

Glissant sa langue sur le clitoris de Samantha et le long de sa fente, il goûta sa chatte pour la première fois, et... Samantha avait si bon goût !

Cristina prit une profonde inspiration, le nez enfoui dans les recoins de Samantha, et commença à lécher rythmiquement ses lèvres humides, également humides de salive.

Samantha pouvait sentir sa petite langue sous elle et ferma les yeux de plaisir.

C'était bien au-delà de ses rêves les plus fous.

Vicky, qui mangeait encore la chatte de Cristina, s'est arrêtée et s'est mise à genoux, regardant le spectacle devant elle.

Samy, les yeux toujours fermés, la bouche ouverte d'extase, et ses élégants cheveux bruns foncés étaient ébouriffés autour de sa tête, ébouriffés par son amour.

Pour Vicky, elle n'avait jamais été aussi belle.

Et elle était là, se balançant légèrement de haut en bas alors qu'elle chevauchait le visage de Cristina.

Samantha ouvrit les yeux et sourit à Vicky, excitée.

Voyant que la chatte de Cristina était libre, Samantha saisit l'occasion et baissa le visage, se penchant, pour continuer là où Vicky s'était arrêtée.

Il enfonça sa langue dans le crack de Cristina, le goûtant pour la première fois, et sirota le jus qui coulait maintenant abondamment.

Vicky les laissa se manger pendant un moment, affamée et avide de soixante-neuf ans.

Les jambes de Cristina étaient maintenant très hautes, ses genoux presque aux épaules de Samantha, alors qu'elle s'approchait de son corps.

Samantha tenait ses bras devant les cuisses de Cristina alors qu'elle enfonçait sa langue dans sa chatte, pressant simultanément sa propre chatte dans la bouche espiègle de Cristina.

"Ummm, ummm, ummm ..." grognèrent-ils à temps avec eux deux.

Vicky toucha l'arrière de la tête de Samantha, la faisant lever les yeux de sa langue.

"J'ai une idée," dit Vicky.

CHAPITRE 5

À contrecœur, elle baissa les jambes de Cristina et se leva, toujours assise sur la bouche implacable de Cristina.

Mais elle avait vu l'étincelle dans les yeux de Vicky et savait que ce serait bien.

Vicky s'est déplacée à côté de Samantha et l'a embrassée, savourant le jus de Cristina dans sa bouche.

Puis elle se retourna et chevaucha aussi Cristina, son dos frôlant les seins de Samantha.

Il attrapa l'arrière des genoux de Cristina et replia ses jambes en cuir pour qu'il puisse voir la chatte de Cristina.

Debout, elle se pencha complètement, avec la souplesse d'une pom-pom girl, posant ses paumes sur le tapis en peau de mouton devant les fesses de Cristina.

Il abaissa sa bouche pour qu'elle soit juste devant la chatte trempée de Cristina et plongea dedans.

Samantha se retrouva béante d'étonnement, regardant directement la chatte tendue de Vicky.

Vicky se tenait debout sur ses pieds, presque debout, les muscles de ses belles jambes se tendant et tremblant légèrement.

Samantha tira sur le devant de ses genoux pour la stabiliser.

N'ayant plus besoin d'être invitée, Samantha pressa son visage contre le sexe de Vicky, complétant un triangle presque impossible de bouches chaudes sur des chattes humides et dégoulinantes.

Cristina, toujours ensevelie sous Samantha, accéléra son rythme.

Elle avait déjà été très excitée en échangeant des langues dans sa chatte.

De son point de vue, il pouvait voir au-delà du petit dos lisse de Samantha, et aperçut la tête de Samantha enfouie entre les fesses de Vicky.

Cristina sentit un rougissement chaud la parcourir: toute cette scène était plus chaude que tout ce qu'elle avait imaginé.

Cristina avait déjà eu plus de plaisir qu'elle n'en pouvait supporter, et finalement, quand elle sentit la petite langue enflammée de Vicky glisser dans et hors de sa chatte et sur son clitoris, Cristina sut qu'elle était sur le point d'arriver et qu'elle ne pourrait pas se retenir. plus de temps...

Vicky a commencé à résister de plus en plus fort contre la bouche de Samantha, jusqu'à ce que Samantha n'en puisse finalement plus.

Levant ses mains, Samantha a creusé deux doigts de chaque main dans le trou de Vicky et a glissé sa langue fort contre son clitoris.

Presque immédiatement, Vicky a commencé à venir.

Des jets de jus blanc coulaient sur sa chatte et sur le visage de Samantha.

Samantha en laissa tomber des gouttes dans sa bouche ouverte.

En même temps, des vagues d'orgasme traversaient le corps de Cristina.

La rougeur du sexe enflammé emplit tous ses sens, et elle se sentit s'approcher du bord d'une cascade géante.

Son cri d'orgasme était étouffé contre la chatte de Samy.

Vicky, à peine consciente de ce qui se passait autour d'elle depuis sa propre arrivée de son orgasme, attendit que les spasmes dans la chatte de Cristina se calment.

Elle s'effondra en avant, alors que les doigts de Samantha glissaient hors de sa chatte.

Elle se recroquevilla sur le côté en position fœtale sur le tapis en peau de mouton, souriant.

Cela avait été tellement incroyable.

Samantha, toujours assise sur la bouche de Cristina, essuya le jus de son visage et lui sourit en retour.

Il faisait plus chaud que jamais dans sa vie et elle pouvait sentir le picotement révélateur de son propre orgasme.

Mais Cristina devrait y travailler.

«Allez bébé, tu peux me faire jouir», dit-il.

Cristina accéléra son rythme.

Samantha s'appuya contre le visage de Cristina.

Elle ferma les yeux et se lécha les lèvres en plaçant ses paumes sur le bas de son dos cambré.

Elle commença à se balancer doucement de haut en bas, semblant équilibrer finement son poids sur le bout de la langue de Cristina.

Cristina, presque finissant de se remettre de son orgasme, ressentit une nouvelle émotion à l'idée de provoquer l'orgasme d'une autre fille.

Il leva les mains et caressa les seins galbés de Samantha, passant ses doigts sur ses tétons durs.

Quand Samantha a pressé son visage plus, Cristina a commencé à mettre sa langue dans et hors de sa bouche plus fermement et durement.

Le bout de sa langue glissa le long de la rainure entre les lèvres de la chatte de Samantha et contre son clitoris mouillé et glissant.

Aller et venir, aller et venir.

Samy était presque là.

Vicky regarda Samy flirter avec les bords de son orgasme.

Ses yeux restaient fermés et sa bouche était ouverte de plaisir, ses lèvres luisantes.

"Je vais venir ... euh ... je viens! Oh! Ouais! Je viens!"

Samantha rejeta la tête en arrière, la bouche ouverte, et se perdit dans l'apogée.

Elle a couru, couru, couru.

Chaleur, sexe, langues, filles mangeant.

Le temps s'est arrêté quand il a senti son essence submergée par l'extase brûlante.

Après ce qui aurait pu être une éternité, il sentit lentement chacun de ses sens revenir.

Tout d'abord, la sensation de la langue de Cristina léchant le jus au fond de sa chatte.

Puis le son de sa propre respiration laborieuse, revenant à la normale.

Enfin, l'odeur musquée du sexe et des trois filles qui se retrouvent dans la pièce.

Elle ouvrit les yeux.

Vicky était allongée devant elle, appuyée sur un coude, souriant.

Samantha s'écarta de la bouche de Cristina et rampa en avant sur ses mains et ses genoux.

Il embrassa doucement Vicky, tous deux riant.

Il se retourna et, regardant le regard satisfait de Cristina, son sourire s'adoucit.

Samantha se pencha et la regarda dans les yeux.

"Merci," dit-elle, avant d'appuyer sa bouche contre celle de Cristina, les langues se mélangeant, le goût de la chatte de Samantha toujours sur les lèvres de Cristina.

Après de longs et tendres moments, elle s'est retirée.

Cristina la regarda avec une pure adoration.

Samantha s'allongea sur le tapis à côté de Cristina et ils se serrèrent dans leurs bras.

Vicky rampa pour les rejoindre, et ils laissèrent passer les prochaines minutes sous le soleil de l'après-midi, s'embrassant doucement, chuchotant des mots doux, caressant les mains, les genoux et les pieds, gloussant alors qu'ils trempaient négligemment leurs doigts dans les chauds. et chattes humides.

Ils étaient détendus, humides et ouverts, après être redescendus de leurs hauts orgasmiques, et il y avait un sentiment mutuel d'euphorie, qu'ils se faisaient totalement confiance.

CHAPITRE 6

Vicky a fini par caresser Cristina par derrière, brossant doucement ses cheveux roux et caressant la nuque.

Samantha était de l'autre côté, insérant Cristina entre eux.

Une pause de silence satisfait passa sur eux, et Vicky glissa sa main sur le côté de Cristina et commença à lui caresser le cul.

Cristina était blottie et Vicky sourit alors que ses mains se déplaçaient sur les joues rondes et galbées de Cristina.

Si doux et si tendre.

Avec trois doigts, Vicky les plongea entre les fesses de Cristina et commença à masser son sexe.

Cristina murmura d'approbation.

Vicky enfonça son majeur et Cristina le serra fort.

Mordant légèrement l'épaule de Cristina, Vicky commença à la pomper: elle tira son doigt de sorte que seule la pointe était dedans, puis le poussa lentement vers sa jointure, puis tira à nouveau.

"Ooooohhhh ... Alors Vicky, comme ça."

Samantha sourit, allongée sur le côté devant Cristina.

Avec sa main sous la tête de Cristina, ils se sont joints et ont commencé à s'embrasser.

Ses lèvres étaient salées, humides et savoureuses.

Ses seins étaient pressés et ses tétons se durcirent à nouveau.

Samantha sentit le rythme dans le corps de Cristina recommencer alors que Vicky continuait à la baiser constamment par derrière.

Samantha glissa une de ses propres mains sur le devant du corps de Cristina pendant qu'ils s'embrassaient, et posa ses doigts sur le monticule palpitant de Cristina.

Elle accéléra le rythme et commença à frotter le clitoris de Cristina avec une pression croissante.

Cristina sentit le picotement familier monter dans son cou et son dos se cambra alors que les doigts de ses deux compagnons travaillaient la magie en elle.

Elle pouvait sentir la chaleur de leurs corps pressés de chaque côté d'elle.

Les beaux seins de Samantha bougeaient contre les siens, et il imagina Vicky derrière elle, cette jolie blonde guillerette avec ses yeux bleus brillants et son sourire contagieux.

Cette même adorable fille était maintenant celle qui lui léchait le lobe de l'oreille en mettant son doigt dans et hors du trou de Cristina plein de plaisir.

C'était tellement humide que je pouvais entendre le doigt entrer et sortir maintenant.

Les doigts de Samantha sur son clitoris ont également envoyé de petits chocs électriques dans tout son corps.

Elle ouvrit la bouche et de petits halètements s'échappèrent alors que le rythme la rattrapait.

Son corps entier a commencé à trembler alors que de douces vagues d'orgasme la submergeaient, encore et encore et encore.

Samantha sourit en tenant le corps tremblant de Cristina.

Vicky sentit la tache humide sortir de sa main, et elle continua à pomper son doigt jusqu'à ce que la contraction du vagin de Cristina diminue.

Soupirant de satisfaction, elle se mit à retirer son doigt.

"Ne t'arrête pas," ordonna Cristina, sa voix forte et déterminée.

Il regarda les grands yeux bruns de Samantha.

Samantha regarda en arrière d'un air interrogateur, et le coin de son sourire se courba en compréhension.

Cristina hocha la tête.

"Vicky, mets un autre doigt à l'intérieur," dit Samantha.

Surprise, Vicky glissa facilement son index à côté de son majeur, sentant les parois de la chatte de Cristina se serrer avec approbation.

Elle a recommencé à les pomper, aidée par les jus glissants de Cristina.

Samantha a commencé à toucher le clitoris de Cristina.

Cristina regarda Samantha avec étonnement.

Elle voulait ça.

Elle le voulait plus que tout.

Elle voulait que Vicky se presse contre elle par derrière, ses petits tétons roses caressant son dos, grognant de sa jolie petite voix alors qu'elle enfonçait deux doigts dans le trou humide et confortable de Cristina.

Il voulait Samantha, la belle Samantha, avec ses longs cheveux noirs luxueux, ses longs cils sexy, son petit nez fin et ces belles lèvres rouges expressives.

Brillant et humide, le bout de sa langue rose frottant contre eux alors qu'elle se concentrait sur les mouvements experts de sa main contre le clitoris palpitant de Cristina.

Samantha se pencha un peu plus bas, frottant toujours le clitoris de Cristina, mais maintenant ses doigts glissèrent contre les doigts de Vicky, pompant passionnément dans la chatte de Cristina, lisse et couverte de son jus.

Cristina sentit les doigts de ses amis se mélanger frénétiquement sous elle, poussant, frottant et glissant contre son sexe chaud et humide, et ses yeux verts brillants s'écarquillèrent.

Quand il cambra le dos et serra les poings, il eut une impression semi-consciente de l'ampleur de ce qui allait arriver.

Alors que sa vision commençait à s'estomper, elle entendit les sons chauds et humides des doigts de Vicky martelant dans et hors de son trou avec un ton fiévreux, alors que les doigts de Samantha se pressaient de plus en plus fort contre chaque partie de son clitoris et de sa chatte humide.

Et puis ... et puis ...

Elle venait.

Il rejeta la tête en arrière, ferma fermement les yeux et ouvrit grand la bouche dans un cri glorieux et silencieux d'extase incommensurable.

Elle venait.

Et elle a gonflé sa poitrine alors qu'un million d'explosions secouaient son corps lisse et laiteux.

Elle venait.

Et elle a senti une avalanche de vagues chaudes dans sa chatte et autour des doigts de Vicky et Samy.

Et la conscience de Cristina s'est évanouie dans les vagues ondulantes d'un orgasme sans fin.

.

FIN

TRAHI
ERIKA SANDERS

45

Chapitre I

Becky entendit le son de la clé dans la serrure.

Il descendit les escaliers, alluma la lumière du couloir et ouvrit la porte.

Jack était là sous la pluie, le capuchon au-dessus de sa tête, la clé s'arrêtant dans sa main alors que ses yeux sombres la fixaient.

"Oh mon Dieu, tu es venu," dit joyeusement Becky.

Elle sauta en avant et enroula ses bras autour de ses épaules, le serrant dans ses bras, sentant la pluie qui recouvrait son manteau s'infiltrer dans le haut de ses vêtements moulants.

Elle s'en fichait.

Son homme était là et c'était tout ce qui comptait.

Elle libéra Jack d'une étreinte effusive et posa ses mains trempées sur son visage.

Son expression sérieuse n'avait pas changé.

"Qu'est-ce qui ne va pas?", Dit-elle.

"Nous devons parler."

Becky sentit son estomac trembler, mais elle s'écarta pour laisser entrer Jack et retirer ses bottes mouillées.

Elle entra dans le salon, se frottant nerveusement les bras en attendant que Jack lui annonce la mauvaise nouvelle, quelle qu'elle soit.

Ensuite, il entra dans le salon, toujours avec une expression sérieuse sur son visage décharné.

"Donnez-nous un verre s'il vous plaît," dit-il.

Becky se dirigea vers le chariot à alcool et servit deux brandies.

Sa main trembla alors qu'il tendait l'un des verres et but le sien rapidement.

Jack s'approcha de la chaise dans ses chaussettes plutôt humides.

L'image qu'il donnait comme ça était un peu drôle.

Elle aurait ri s'il n'y avait pas eu le moment de tension.

Il s'assit sur le bord du siège, pas accommodant, ne retirant pas son manteau alors qu'il se préparait à annoncer la mauvaise nouvelle.

Il prit une grosse gorgée de cognac avant de parler.

"Elle sait tout sur nous," dit-il après avoir pris l'alcool avec un dernier soupir.

Becky sentit ses genoux s'affaiblir, son cœur s'emballer.

Un autre verre de cognac a été versé.

Il se dirigea vers le canapé en face de Jack et s'assit.

"Comment?" Dit-il après une autre gorgée du liquide chaud.

"J'ai dit."

Becky fronça les sourcils.

"Tu lui as dit? Pourquoi diable?

"Je n'en pouvais plus."

Becky s'est levée.

Dites-moi que vous vous moquez de moi, Jack.

Il secoua la tête pour le nier.

«Pourquoi diriez-vous à votre femme que vous la trompez?

Jack leva les yeux de ses sourcils broussailleux qui le faisaient ressembler à un chiot espiègle.

"Je ne pouvais pas la voir indifférente et calme alors qu'elle continuait à cacher notre sale secret."

«Notre sale secret, c'est tout pour lui? Pensa Becky.

"Eh bien, qu'est-ce qu'elle a dit?" Dit Becky, prétendant qu'elle n'avait pas entendu le dernier commentaire alors qu'elle marchait d'un côté à l'autre de la pièce.

"Elle est prête à nous donner une autre chance. Si ça s'arrête."

Becky s'arrêta de marcher et regarda le visage de Jack.

«Nous? Voulez-vous dire que vous et elle êtes ensemble après lui avoir dit?

Jack acquiesça.

«Vas-tu juste me laisser comme ça? Pourquoi dit-elle cela?

"Elle est mon épouse."

«Et qu'étais-je?

«Tu sais ce que c'était. Je t'ai dit que je ne quitterais jamais ma femme. C'était toujours des relations sexuelles entre toi et moi.

«Vous savez ce que c'était. Passé. C'était déjà fini dans son esprit. Comment aurait-il pu me faire ça? '

Malgré le fait qu'il avait dit qu'il n'allait jamais quitter Mary, Becky pensait que cela pourrait le convaincre qu'elle était vraiment la femme dont il avait besoin.

Et ce n'est pas comme ça?

Cela ne semblait pas.

Jack avait fini son verre et s'était levé pour partir.

Becky s'approcha de lui.

"C'est tout, alors?" Dit-elle en le regardant avec colère. «Voudriez-vous le laisser tomber comme ça et partir?

Jack soupira alors qu'il la tirait pour se diriger vers le couloir.

«Becky, j'ai des enfants», dit-il, exaspéré maintenant.

Oh non, il n'allait pas s'en sortir facilement.

Avant tout c'était des compliments et des messages moqueurs et érotiques, avec de nombreux baisers à la fin pour me ravir.

C'est ce que chacun fait, pour obtenir ce qu'il veut.

Puis, quand ils en ont assez, ils se mettent sur la défensive et essaient de se débarrasser de vous.

Le vrai visage de Jack était maintenant montré.

Elle n'avait été qu'un morceau de viande pour lui, une baise facile.

Écume.

Une pute.

C'était la façon dont les hommes l'avaient toujours traitée. Jack n'allait pas être différent.

"Et alors? Beaucoup de gens divorcent aujourd'hui. Les enfants s'en remettent. Ils ont toujours leurs deux parents," dit-elle froidement.

"Ce sont des enfants, Becky," claqua Jack. "Ils ont besoin d'une famille. Sécurité. Un père qui est toujours là. Pas un qui se présente plusieurs fois par semaine."

Et moi? pensa-t-elle un peu égoïstement.

La femme qui ne peut pas avoir d'enfants.

La femme qui sera toujours et toujours stérile en permanence, incapable de donner une famille à un homme.

Le phénomène.

Le rare.

Celui qui n'est bon que pour s'amuser, pour baiser.

Qui l'aimerait vraiment?

«J'irai chez vous», menaça-t-il. «Je vais lui dire ce que nous avons fait. Comment tu m'as emmené dans les bois dans ta voiture et tu m'as baisé sur la banquette arrière. Où ses enfants sont assis tous les jours pendant le voyage à l'école. Comment tu m'as emmené dans le même restaurant où tu lui avais proposé Voyez si elle change d'avis alors. "

Jack se retourna à l'entrée, ses doigts quittant la capuche qu'il s'apprêtait à soulever au-dessus de sa tête.

"Tu ne le feras pas".

"Regarde moi."

Becky a vu, pour la première fois, un regard dans les yeux de Jack qu'elle avait vu chez de nombreux hommes auparavant.

Dégoûter.

Ce qu'ils avaient eu entre eux, quoi que ce fût pour lui, avait disparu.

Elle savait qu'elle ne récupérerait jamais ça.

Sa lèvre supérieure se recourbait alors qu'elle passait la capuche au-dessus de sa tête et se penchait pour attraper ses bottes.

Becky sentit la chaleur disparaître de sa chair, la sensation froide d'être laissée pour compte revenir.

Abandon.

Elle l'avait ressenti trop de fois auparavant.

«Vous ne pouvez pas simplement me quitter, Jack,» plaida-t-elle, sentant le flot familier de larmes jaillir de ses yeux.

"C'est fini," dit-il brusquement, sa voix enroulée de colère.

«Ne me fais pas ça, Jack. S'il te plaît!

Il noua le lacet de sa botte et se redressa, la regardant sous l'abri de sa capuche.

"Ne t'approche plus de moi ou de ma famille. Si tu le fais, j'appelle la police."

Il leva la main et laissa tomber sa clé sur le sol.

La clé qu'elle lui avait donnée dans l'espoir qu'il verrait cela comme sa véritable maison, où il finirait par venir vivre en permanence.

C'était le dernier coup dans son cœur.

Il tira sur la porte et fit un pas rapide dans le jardin.

Becky se tenait sur le paillasson, ses joues scintillantes de larmes dans la lumière vive du salon, regardant sa grande silhouette traverser la pluie.

Loin d'elle.

De retour dans sa famille.

Hors de sa vie pour toujours.

Chapitre II

Becky regarda à l'intérieur de son verre et sentit sa tête tourner.

Le whisky laissa un goût amer et amer sur sa langue.

Les doigts tremblants sur le verre, elle le ramassa et le jeta sur le mur de la cheminée.

Il est entré en collision avec le miroir, faisant exploser des éclats de verre puis tombant en cascade sur le sol et la moquette épaisse.

Elle sauta du canapé et se dirigea vers le téléphone.

Les larmes lui montèrent aux yeux lorsqu'elle attrapa l'écouteur, mais elle dit qu'elle n'allait plus pleurer.

Elle se mordit la lèvre, composant le numéro avec détermination.

Après quelques instants, une voix masculine aiguë répondit.

"Salut?"

«Harry, c'est Becky,» dit-il, étouffant son ivresse avec un soupir.

"Becky? Jésus, pourquoi appelez-vous maintenant? Il est deux heures du matin."

"Désolé. J'ai juste ... j'ai besoin d'être avec quelqu'un."

"Quoi? Maintenant?"

"Oui."

Il entendit un bruissement à l'autre bout de la ligne, le bruissement de sa gorge sèche à cause des cigarettes d'Harry alors qu'il se déplaçait autour du lit.

«Tu me réveilles vraiment pour une baise au milieu de la matinée?

Becky sentit un nœud dans son estomac à ses mots.

Et si elle n'avait vraiment pas besoin de quelqu'un pour se satisfaire?

Cependant, cela ne dérangeait pas Harry.

C'était juste un homme typique avec une seule chose en tête.

Elle a arrêté la tentation d'exploser.

"Pourquoi pas? C'est un moment aussi agréable qu'un autre," dit-elle, un peu agitée.

"Je dois être réveillé à six heures."

"Et alors? Tu peux dormir demain soir. Et au moins tu iras travailler satisfait au lieu de bâiller."

"Je suis dévasté en ce moment. La seule façon de ne pas bâiller au travail est de dormir quelques heures de plus et non de faire de l'exercice."

Becky pinça ses lèvres de frustration et attrapa ses cigarettes qui étaient placées à côté du téléphone.

Il en alluma un et prit une longue et profonde succion, puis frotta son pouce contre sa tempe en libérant l'épaisse fumée.

«Je ferai ce que tu veux», dit-il, et la nicotine lui a donné assez de force pour essayer de le séduire.

"Le quoi?" Dit Harry.

«Je vais te mettre la langue dans le cul. Je te mangerai comme un homme mange une femme.

Il y eut une pause et il pouvait sentir Harry penser à l'autre bout.

Peu de femmes étaient disposées à manger le cul d'un homme et Harry avait un anus particulièrement sensible, sa langue avait la capacité de faire plier et crier tout son corps en même temps.

Cependant, il semblait qu'il était vraiment fatigué ce soir. Même cela ne suffisait pas pour le tenter.

«Oh Becky. Tu n'aurais pas pu appeler un meilleur moment?

«Je vais mettre ma laisse. Je vais te donner une longue baise hard. C'est ce que tu veux, Harry? Une. Longue. Dur. Baisée.

Harry avait l'air nerveux et agité quand il répondit.

Becky savait que sa bite était dure comme une pierre sous les couvertures devant son courage explicite et sale.

Mais peu importe ce avec quoi elle essayait de le tenter, il semblait qu'il n'allait pas bouger.

"Désolé, Becky. Je vais devoir passer. Et vendredi soir?"

Becky a vu le cendrier sur la table basse et a écrasé sa cigarette.

«Tu es comme tous les hommes, n'est-ce pas? Tu penses que je vais courir quand tu dis. Eh bien, tu sais quoi, Harry? Tu peux te foutre en l'air. C'était ta dernière chance et tu viens de tout foutre en l'air.

«Quoi... Becky?

«Bye Harry. Dors profondément si tu peux. Merde!

Il a claqué le téléphone sur le récepteur.

Becky s'assit sur le lit pendant un moment, son cœur battant la chamade, son sang bouillant, un million de pensées différentes se disputant la priorité dans sa tête.

Comment ont-ils pu lui faire ça?

Encore et encore.

Et pourquoi a-t-elle continué à les laisser faire?

Tomber dans le même vieux piège encore et encore.

Elle savait ce que les psychiatres diraient.

Vous ne vous valorisez pas assez.

Comment peut-elle s'attendre à recevoir du respect alors qu'elle ne se respecte même pas?

Eh bien, c'est facile à dire pour eux.

Ils veulent savoir ce que c'est que de se sentir comme une pute qui laisse les hommes utiliser son corps comme si c'était un chiffon sale.

Une mère qui allait baiser avec ses petits amis et qui laissait sa fille seule à la maison, froide et affamée sans personne qui la voulait.

Une femme qui l'a convaincue pendant des années que son père ne l'aimait pas.

Qu'il les avait abandonnés à cause de lui.

Quand la vérité était, il était intimidé par la soumission à laquelle il était soumis et trop terrifié pour retourner à son règne de terreur.

Becky enfouit son visage dans ses mains et laissa des larmes inonder ses paumes.

Tu m'as quitté, papa.

Comment as-tu pu me laisser avec cette chienne psychopathe?

Elle s'assit et se força à arrêter les larmes.

La tristesse s'est transformée en colère comme le basculement d'un interrupteur.

Son père était un putain de lâche.

Comme tous les hommes.

Ils marchaient contrôlés par les balles qui se balançaient entre leurs jambes, mais ils n'avaient pas le courage de les utiliser.

Seule une femme pouvait le faire.

La douleur était trop forte.

Becky avait besoin de sexe.

C'était la seule chose qui la calmerait.

Le sexe soulagerait la douleur en elle.

Douleur de ne pas être aimée et d'être rejetée, ce qui la faisait se sentir comme une salope sale et jetable.

Pendant quelques brefs instants, un baiser passionné, une envie lubrique de l'amener à l'orgasme, et elle se sentirait guérie.

Tout va bien à nouveau.

Aimé.

Le seul problème était que c'était devenu une dépendance.

Et une fois que tout était fini, après que les hommes soient partis et soient revenus avec leurs femmes ou la femme suivante disposée à écarter les jambes, cet endroit sombre revenait.

Jusqu'à la prochaine solution.

Becky n'en pouvait plus.

Assez c'était assez.

Cette fois, quelqu'un allait payer.

Chapitre III

La vengeance est douce.

Ou c'est ce qu'ils disent.

Becky réfléchit à cela en brossant ses longs cheveux noirs dans le miroir de la commode.

Elle était nue, à part une culotte noire ornée d'un petit nœud rouge.

Ses seins de quarante-trois ans étaient aussi fermes que ceux d'une femme de dix ans sa cadette.

C'était l'un des aspects positifs de ne pas pouvoir avoir d'enfants.

Il a conservé sa silhouette et ses splendides charmes plus longtemps.

Alors que les poils de la brosse glissaient dans ses cheveux, elle éprouva un calme qu'elle n'avait pas ressenti depuis des années.

Quelque chose se générait enfin en elle.

Vous ne serez plus une victime.

Elle se débattait.

Elle allait être une guerrière.

Elle a sélectionné un bâton de rouge à lèvres rouge foncé de son maquillage et l'a soigneusement appliqué sur ses lèvres, ajoutant un peu de plénitude donnant un millimètre supplémentaire sur le pourtour.

La couleur complétait ses cheveux foncés et sa peau olive, lui donnant un look légèrement méditerranéen qui n'aurait pas pu être plus éloigné de son héritage britannique.

Elle devait admettre qu'elle avait l'air bien.

Elle avait peut-être une voix un peu rude pour tant de cigarettes et une putain d'enfance, sans parler de boire, mais elle savait comment se présenter pour avoir des relations sexuelles.

Elle avait appris cette compétence de sa mère, et quand elle a réalisé à quel point les filles du Nord étaient coriaces, elle avait également appris à l'utiliser à son avantage.

Les filles sexy avaient du pouvoir.

Ils pouvaient contrôler les hommes avec leur corps, leur odeur et un regard provocateur.

Lorsque Becky y réfléchit, elle réalisa que c'était ce qui lui avait permis de survivre pendant tant d'années.

Il se leva et se dirigea vers le grand miroir.

Inclinant sa tête sur le côté, elle prit ses seins en coupe.

Il fit la moue avec ses lèvres fraîchement peintes.

Oui, ça avait l'air assez bon pour manger quelque chose d'appétissant.

Et pour te manger aussi, pensa-t-elle avec un rire sensuel.

Sur le lit se trouvait une robe rouge.

Court.

Très provocateur.

Décolleté bas pour montrer ses seins.

Elle a glissé ses pieds nus en lui et l'a tiré le long de son corps.

Se regardant dans le miroir, elle se retourna et le boutonna.

Il admirait le tissu soyeux, froissé au niveau des hanches, accentuant sa forme typique de sablier.

À côté de la porte, il y avait une rangée de chaussures à talons hauts.

Becky s'approcha et glissa ses pieds dans une paire rouge.

La couleur de ce soir était écarlate.

Rouge pour le sang et le meurtre.

Chapitre IV

Le chauffeur de taxi s'est arrêté devant le club.

Becky a remarqué qu'il y avait deux gorilles près des portes.

Il paya le chauffeur de taxi et sortit dans la rue éclairée par le réverbère, l'air doux touchant ses épaules nues alors que la musique du club résonnait sous ses pieds.

Elle ferma la porte du taxi et se dirigea vers l'entrée, plaçant la bandoulière de son petit sac rouge sur son épaule.

Meeting Place était un club de gentlemen moderne apparu dans la ville il y a quelques années.

Des hommes de tous âges s'y rendaient dans leurs dernières tenues, trempées dans des flacons de lotion après-rasage, essayant d'attirer les filles du Nord qui venaient à son parfum comme des chiennes en chaleur.

Becky ne faisait pas exception.

Mais ce soir, elle avait son esprit tourné vers un homme en particulier.

L'endroit était une ruche d'activité, occupé pour une nuit en milieu de semaine.

Un chanteur se produisait sur scène d'un côté de la salle et le bar de l'autre était plein de gars plus âgés penchés sur des verres à bière.

Des hommes et des femmes étaient assis dans un grand espace plein de tables au centre de la salle, bavardant et regardant vers la scène.

Becky est allée au bar et a appelé un beau jeune barman avec une coupe de cheveux en bec de veuve.

"Est-ce que Ricky est ici ce soir?" Demanda-t-elle.

Le serveur hocha la tête. "Derrière."

Becky lui fit un sourire et s'éloigna du comptoir, remarquant que les yeux des hommes plus âgés étaient passés de leurs boissons à elle.

Il s'assura qu'ils avaient une bonne vue de ses fesses alors qu'il disparaissait dans un couloir qui menait aux bureaux à l'arrière.

Ricky Morris était le propriétaire de cinq boîtes de nuit dans la région du Maine.

Il avait gagné son argent grâce à des accords peu fiables dans les années 1990 et avait ouvert la chaîne de clubs pour hommes qui avait été un succès instantané auprès des garçons espiègles du Nord.

Il était également connu pour travailler avec des strip-teaseuses et des prostituées, leur fournir des clients et réduire leurs profits.

Becky l'a rencontré il y a deux ans lors du lancement de Meeting Place.

De toutes les jolies femmes et jolies filles qui étaient là ce soir-là, c'était elle qu'il s'était approchée.

Peut-être reconnaissait-il en elle quelque chose de lui-même, un trait masculin qui faisait appel à sa nature ambitieuse et entreprenante.

Une femme qui ne s'inclinerait pas ou ne se flatterait pas pour son argent et sa beauté.

Une femme qui jouerait dur pour obtenir ce qu'elle voulait.

Becky a frappé à sa porte, mais n'a pas attendu de réponse.

En entrant dans la pièce, il a vu un éclair de viande et a senti l'odeur incomparable du sexe.

Une femme dans la vingtaine était allongée sur le bureau, ses seins nus exposés à travers une robe qui était toujours enroulée autour de sa taille.

Ricky la baisait debout, un pantalon noir autour de ses chevilles, de la sueur brillant sur sa tête rasée.

Il tourna la tête à l'interruption.

"Merde." Il se détourna de la femme et Becky vit sa grosse bite, gonflée d'excitation, glissante avec le jus de la femme.

Quand il vit qui était entré dans la pièce, il soupira, se pencha et remonta son pantalon.

La femme à table se couvrit les seins, essayant de cacher son embarras par un rire sensuel.

Petite salope, pensa Becky en entrant sans honte dans le bureau.

Ricky fermait la ceinture de cuir autour de sa taille quand il secoua la tête pour que la fille parte.

Couvrant toujours ses seins, elle se glissa discrètement de la table, ramassa ses chaussures à talons hauts et sortit de la pièce sur la pointe des pieds.

Ricky fit le tour de son bureau, jetant un coup d'œil à Becky, le visage rouge.

Il sortit un mouchoir de la poche de sa chemise, essuya son front et fouilla dans un tiroir pour récupérer un étui à cigarettes en argent.

«A quoi dois-je le plaisir?» Dit-il en ouvrant la boîte et en sortant une cigarette colorée.

Il en a offert un à Becky.

Elle garda les yeux sur lui alors qu'il se dirigeait vers le bureau et prenait une des cigarettes.

C'était écarlate.

"Vérifier à nouveau la qualité de la marchandise?" Dit-il en plaçant la cigarette rouge entre ses lèvres.

Ricky plissa ses yeux bleus perçants en allumant sa cigarette, puis tint le briquet pour allumer Becky.

"Quel est votre but de m'interrompre, en venant ici sans avertissement?"

Becky a attiré un peu de la cigarette allumée.

Elle souffla la fumée qui rampait vers le plafond en un mince fil.

"Je vois que tu as été occupé ces derniers temps."

Elle regarda la table avec un sourire.

Les empreintes de sueur à l'endroit où se trouvaient les fesses de la femme étaient toujours présentes à la surface du verre.

Ricky s'assit lourdement.

Becky pouvait presque entendre son cœur battre, le sang circulant toujours autour de son corps à cause de l'interruption de la session sexuelle.

Il l'étudia avec curiosité.

"Tu as déjà fini?"

Becky secoua la tête.

"Et alors? Je remarque quelque chose de différent chez toi."

Becky jeta ses cheveux en arrière et regarda le grand bocal à poissons qui brillait derrière la tête de Ricky.

Gros poisson dans un tout petit étang, pensa-t-il ironiquement.

Il pouvait avoir de l'argent et du pouvoir sur les femmes, mais assis sur sa chaise sans aucune idée de ce qui allait se passer, il était aussi faible et pathétique que n'importe quel autre homme.

«Je suppose que ça doit être à cause de la météo du mois», dit-il sèchement.

Il retira le sac de son épaule et le plaça soigneusement sur la surface en verre de la table.

Ricky observa ses mouvements avec intérêt.

Il fit le tour du bureau et posa ses fesses sur son bord dur.

Ricky fit pivoter sa chaise, se pencha en arrière et l'étudia.

«Vous avez hâte d'y être,» dit-il prudemment.

"Quand suis-je pas?" Répondit-elle.

Ricky sourit.

Il adorait ça chez elle.

Cet appétit audacieux et volontaire pour le sexe.

Surtout d'une femme.

Cela l'a rendu dur en quelques secondes. Becky a attendu de voir sa bite se réveiller alors qu'elle bougeait son corps pour révéler ses seins.

"Vous êtes une pute", a déclaré Ricky. "Rien ne vous arrête, n'est-ce pas? Même pas des secondes insouciantes chez une petite salope.

"Elle n'était que l'apéritif. Je suis le plat principal. Le vrai sexe."

Becky remonta la robe sur sa cuisse et passa ses doigts entre ses jambes.

Elle avait enlevé sa culotte avant de quitter la maison, elle avait donc un accès facile aux lèvres nues entre ses jambes.

Il regarda Ricky et prit une autre bouffée sur sa cigarette.

Le renflement qui ne cessait de grossir dans son pantalon lui disait qu'il prévoyait d'être à l'intérieur d'elle en quelques secondes.

Sa chatte s'humidifia à cette pensée, intensifiée par le fait de savoir que cette fois la satisfaction serait plus douce que toute autre.

Elle posa ses mains sur la surface en verre, laissant des traces collantes de sa chatte musquée, et manœuvra pour se positionner directement devant Ricky.

Elle posa les deux talons sur les bras de la chaise, écartant ses jambes pour lui donner une vue complète de ce qu'il y avait entre ses jambes.

L'excitation passa dans les yeux de Ricky alors qu'il baissait les yeux et vit le bonbon caché sous la petite robe rouge.

"Qu'est-ce que je suis censé faire avec ça?" Dit-il sardoniquement, haussant les sourcils.

Avec ses coudes sur la table, Becky a quand même réussi à fumer en répondant avec un sourire sensuel.

Sans mots.

Ricky écrasa sa propre cigarette, l'écrasant sans vergogne sur le verre.

Elle respirait par les narines, peut-être pour avoir un goût parfumé de ce qui allait venir, trempant ses longs doigts devant ses belles lèvres.

"Je vais te manger jusqu'à ce que ta chatte goutte dans ma bouche."

Becky picota sur sa vulve en resserrant ses muscles.

Elle avait toujours aimé un garçon qui aimait manger de la chatte.

Ricky était heureux de saturer son visage de son jus, faisant des choses avec sa langue qui le renverraient ailleurs.

Ce serait la voie la plus humaine, pensa-t-il.

Peur euphorique.

Ses grandes mains touchaient ses genoux et écartaient encore plus ses jambes.

Becky le regarda avec une fascination sombre, évaluant l'excitation dans ses yeux d'acier.

Il se lécha les lèvres avec espièglerie.

Becky sourit sciemment.

Alors avant qu'elle ne puisse faire quoi que ce soit d'autre, sa tête était entre ses jambes et sa langue chaude et humide se frayait un chemin en elle.

La tête de Becky retomba alors qu'elle haletait de plaisir.

"Oh merde."

Ricky secoua la tête avec voracité, léchant sa viande collante.

Mangez, goûtez, respirez son parfum musqué.

«Délicieux», l'entendit Becky dire avec son accent profond du Vermont.

Il n'allait même pas à distance savourer quelque chose d'aussi délicieux que sa douce vengeance, pensa-t-il.

Ricky a ouvert son pantalon et a sorti sa bite, la branlant avec des mouvements rapides et durs de son poignet.

Becky se demanda brièvement s'il préférait sa chatte à celle qu'il avait baisé quelques minutes auparavant.

Puis elle a décidé qu'elle ne s'en souciait plus.

Tous les hommes étaient égaux.

Des idiots qui abusent des putes et sucent des chattes. Même s'ils avaient la capacité de vous envoyer dans des endroits dont vous ignoriez l'existence.

La langue de Ricky était divine!

Becky baissa les yeux et vit le cuir chevelu rond et brillant monter et descendre.

C'était son moment.

Prenant une profonde inspiration, elle s'arrêta un instant, puis rapprocha ses cuisses d'un mouvement rapide, refermant le cou de Ricky entre ses jambes.

Il s'étrangla et essaya de s'éloigner, mais en vain.

Becky fouilla dans le sac rouge et en sortit un couteau.

Elle attrapa la poignée à deux mains et la souleva au-dessus de la tête de Ricky.

Il a continué à babiller, saisissant ses cuisses pour les ouvrir.

Mais elle ne pouvait pas le faire.

Elle ne pouvait pas laisser tomber le couteau sur sa tête.

Maintenant que le moment était là, cela ne ressemblait plus à un fantasme.

C'était comme un cauchemar.

Elle n'était pas un assassin.

Elle ne pouvait pas devenir quelque chose qui ne l'était pas.

Ils l'avaient tuée à l'intérieur et elle les méprisait pour cela, mais tuer de sang-froid lui faisait autre chose.

Cela faisait d'elle moins qu'eux.

Becky relâcha la pression de ses cuisses sur la tête de Ricky.

Il sortit du piège, haletant et se frottant le cou.

"Folle de salope," hurla-t-il. "Que vous jouez?"

Becky avait déjà caché l'arme dans son sac avant que Ricky ne crache sa colère.

"Je pensais que tu aimerais essayer quelque chose d'un peu dur," haleta-t-elle, faisant de son mieux pour cacher la peur dans sa voix.

Ricky écarta les jambes et se leva.

"Je ne pouvais pas respirer!"

Becky tripota sa robe et descendit de la table en verre.

Alors qu'il se levait, il remarqua l'expression de doute dans les yeux de Ricky.

"Oh allez," dit-elle. "C'était plutôt amusant."

Il réussit à garder un sourire alors que son cœur battait frénétiquement dans sa poitrine.

Ricky ne dit rien, cherchant dans ses yeux une sorte de tromperie.

Il serait le seul à avoir du sang sur les mains s'il savait qu'elle avait prévu de le tuer.

Becky se dirigea vers lui et se pencha près de son visage.

Elle embrassa sa joue rougissante, laissant sa lèvre écarlate imprimée sur sa peau.

"J'en ai assez pour aujourd'hui. Je serai mieux", dit-elle.

Elle prit son sac sur la table et se dirigea vers la porte.

Elle pouvait sentir les yeux de Ricky rivés sur elle.

Pénétrant.

Accusatoire.

"Attends," dit-il.

Becky s'arrêta.

Son cœur se figea.

Lentement, il se retourna.

Le contour sombre de Ricky était bordé par la lueur brillante de l'eau de l'aquarium alors qu'il attendait qu'il parle.

«Vous voudrez votre argent», dit-il.

Becky fronça les sourcils.

"Quel argent?"

"Je paie toujours mes filles préférées."

Becky étudia ses yeux.

Que faisait-il?

"Vous ne l'avez jamais fait auparavant."

"Il est temps que je le fasse."

Il prit un chéquier sur le bureau.

Il sortit un stylo de la poche de sa chemise et y griffonna quelque chose.

Quand elle l'a tendu à Becky, elle a senti son cou lui démanger.

Ricky lui a donné le chèque.

Becky l'a pris et a regardé le montant.

Quarante mille dollars.

Elle pâlit et regarda Ricky avec incrédulité.

«Pour les services dus», dit-il.

Becky se retourna vers la forte silhouette.

Quarante mille dollars.

Il paierait son hypothèque.

Elle pourrait avoir une nouvelle voiture.

Flotter.

Acheter de nouveaux vêtements.

Chaussures de créateurs.

Ricky ne souriait pas en la regardant étudier le chèque.

Le regard qu'elle lui lança était inquiétant.

Becky regarda nerveusement ses yeux bleu acier.

Il savait qu'elle avait essayé de le tuer.

Il le payait.

Prends l'argent, laisse-moi tranquille, ne viens pas.

Elle ne voulait pas le décevoir.

Il parvint à sourire puis se tourna pour quitter la pièce, sa main tremblante tenant toujours sa nouvelle fortune.

FIN